*À toi, qui as toujours été la seule
à comprendre mes silences depuis vingt ans.
Pour le meilleur et pour le pire.*

Tommaso

À ma femme et à ces jours uniques.

Francesco

*À ceux qui m'ont faite celle que je suis.
À ceux qui ont été importants pour moi
et ont pris une autre voie,
et à ceux qui cheminent encore à mes côtés, toujours.*

Valentina

**SCÉNARIO > TOMMASO VALSECCHI
DESSIN > FRANCESCO CASTELLI
COULEURS > VALENTINA GRASSINI**

KRAMIEK.com

© Tommaso Valsecchi / Francesco Castelli / Valentina Grassini
All rights reserved.

© Kramiek 2017
Pour l'édition francophone.

Traduit de l'italien par Julie Rossini
Première édition · PAO: StoneBundle.ch
ISBN : 978-2-88933-053-9 · Dépôt légal : mai 2017
Print arranged by WeBundle Group in EU

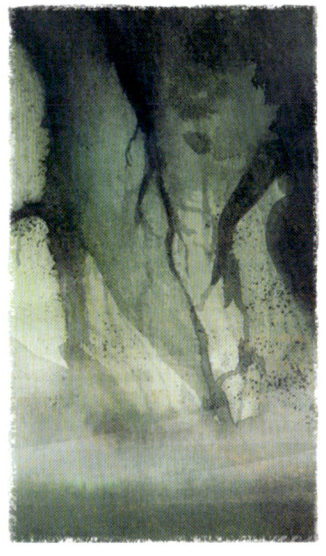

JE VEUX PAS DIRE MAIS CETTE SITUATION EST LÉGÈREMENT ANGOISSANTE... MON DERNIER SOUVENIR EST LA SOIRÉE D'ÉRIC ET TOUT LE MONDE QUI FAISAIT LA FÊTE !

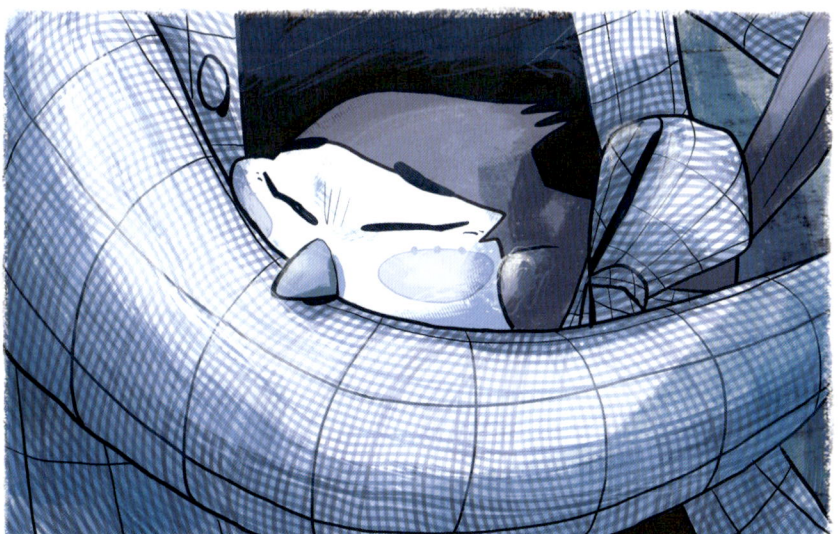

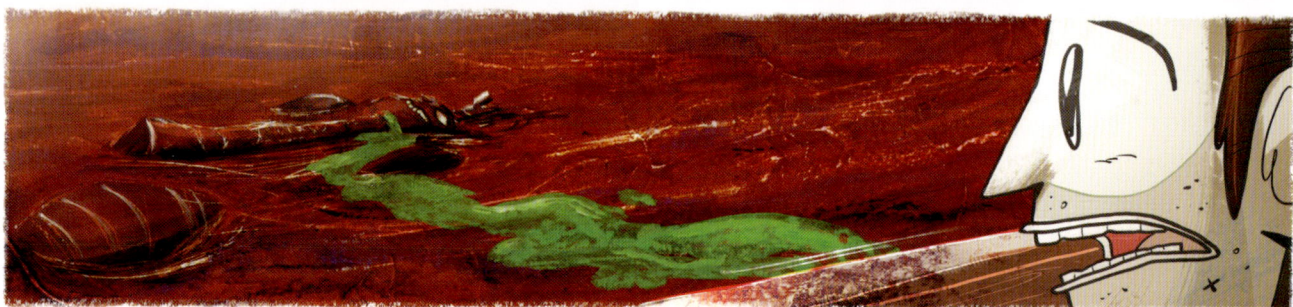

TU TE SOUVIENS, QUAND JE T'AI DIT QUE LA TEMPÊTE ÉTAIT ENCORE LOIN?

IL EST TEMPS DE REGARDER LA VÉRITÉ EN FACE. TU DOIS ME QUITTER...

TU PEUX VOLER... OKAY, PEUT-ÊTRE PAS TRÈS LOIN, NI TRÈS HAUT, MAIS ASSEZ POUR TE METTRE À L'ABRI.

COURAGE. FAIS-MOI UN GRAND SOURIRE. ÇA A DURÉ CE QUE ÇA POUVAIT.

ON LE SAVAIT L'UN COMME L'AUTRE QU'À UN MOMENT NOS CHEMINS SE SÉPARERAIENT.

ALLEZ, FILE! TU ES ASSEZ FORTE MAINTENANT!

VAS-Y, FICHE LE CAMP... SAUVE-TOI.

JE NE TE DEMANDE QU'UNE CHOSE... S'IL TE PLAÎT, FAIS CE QUE TU PEUX POUR NE PAS M'OUBLIER. MOI, JE NE T'OUBLIERAI JAMAIS.
JE N'OUBLIERAI JAMAIS CE BOUT DE CHEMIN EN TA COMPAGNIE. TOI ET LES AUTRES, JE VOUS PORTE TOUS AU PLUS PROFOND DE MON CŒUR.
PEUT-ÊTRE QUE JE SURVIVRAI AUSSI, QU'ON SE RETROUVERA ET QU'ON POURRA REPARLER DE TOUT ÇA. PARLER DE CE QUI EST ARRIVÉ, OU SEULEMENT DE LA PLUIE ET DU BEAU TEMPS, OU BIEN CARRÉMENT NE PAS PRONONCER UN SEUL MOT!
VOLE LE PLUS HAUT POSSIBLE, NE TE RETOURNE PAS!

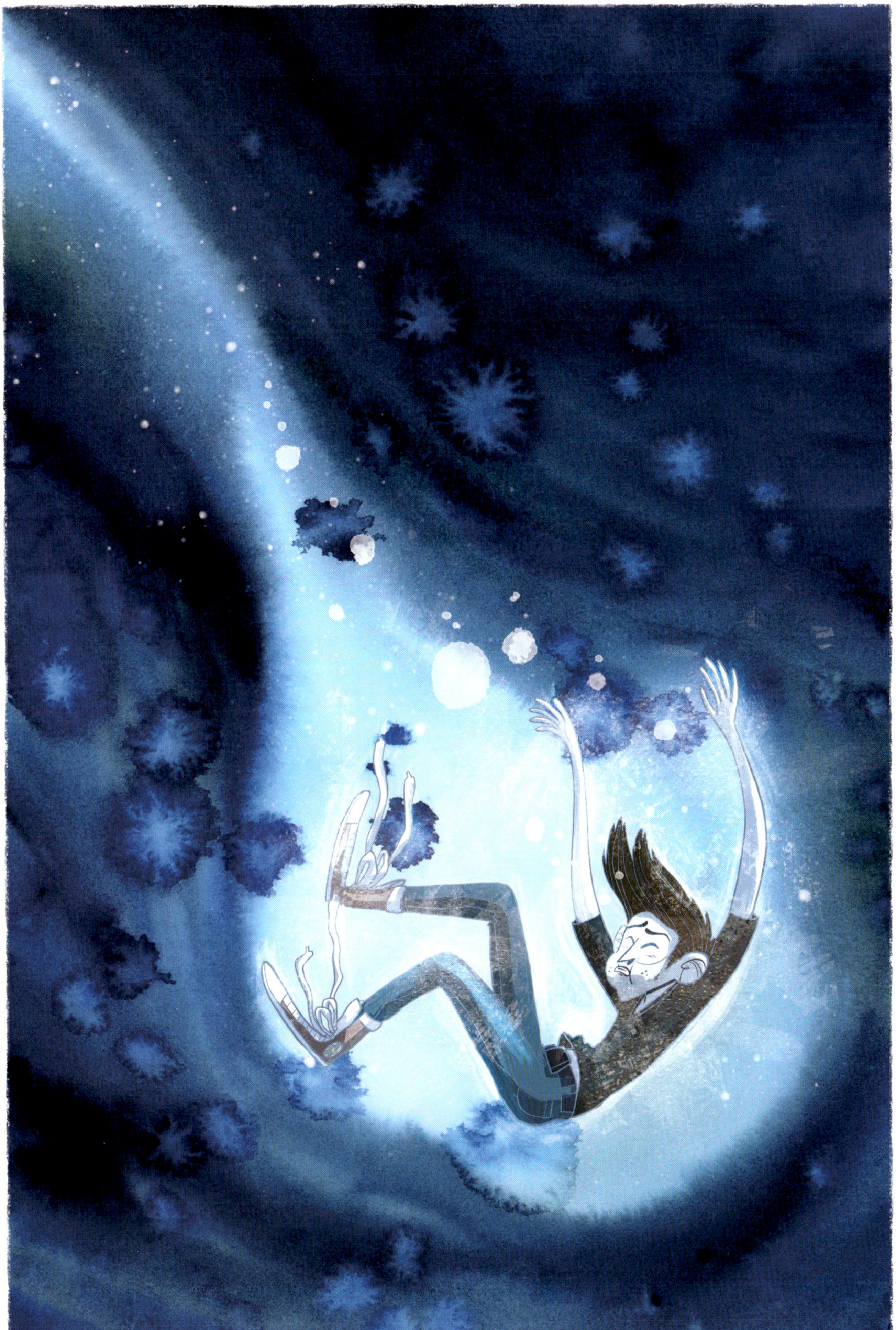

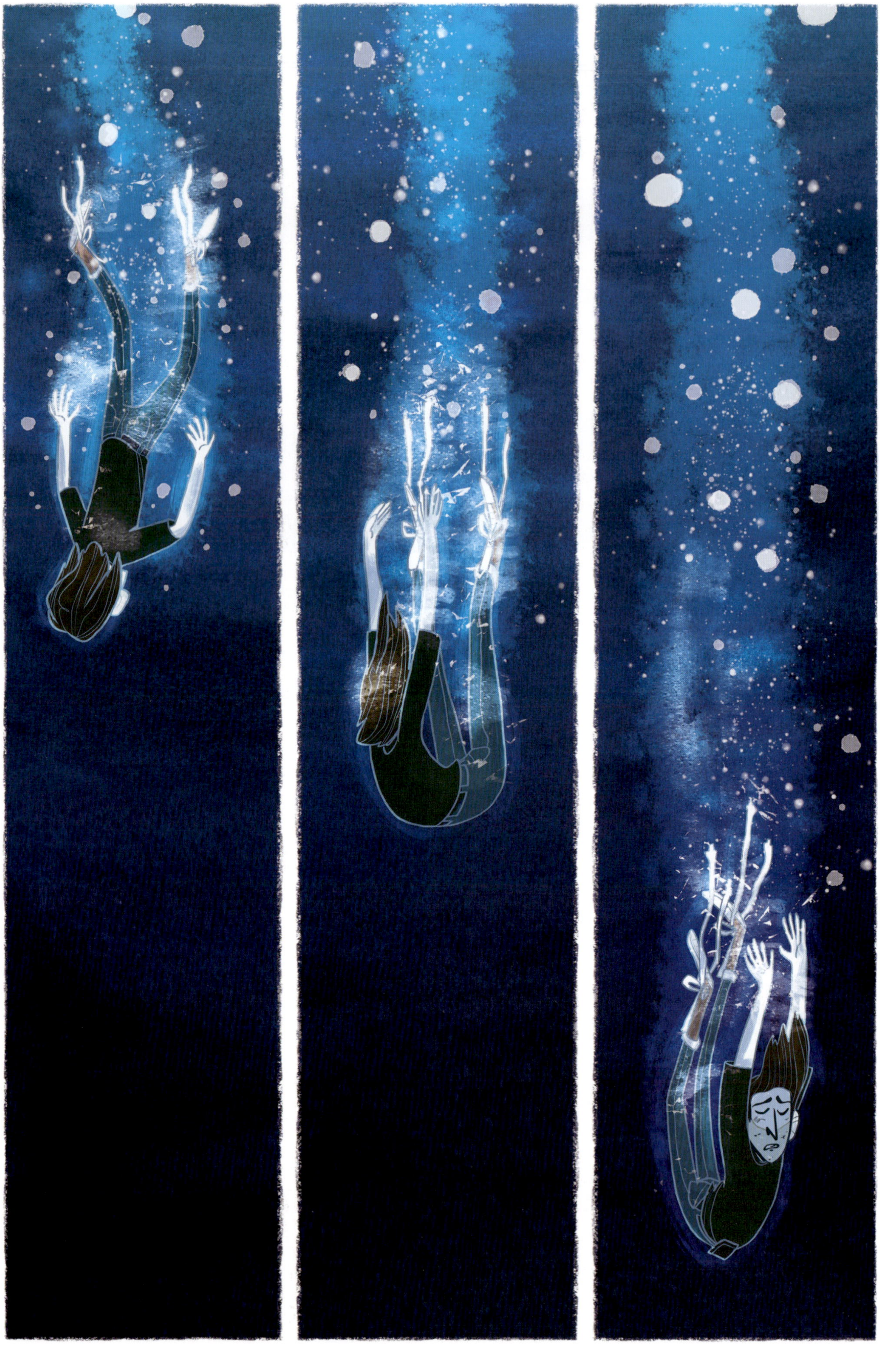

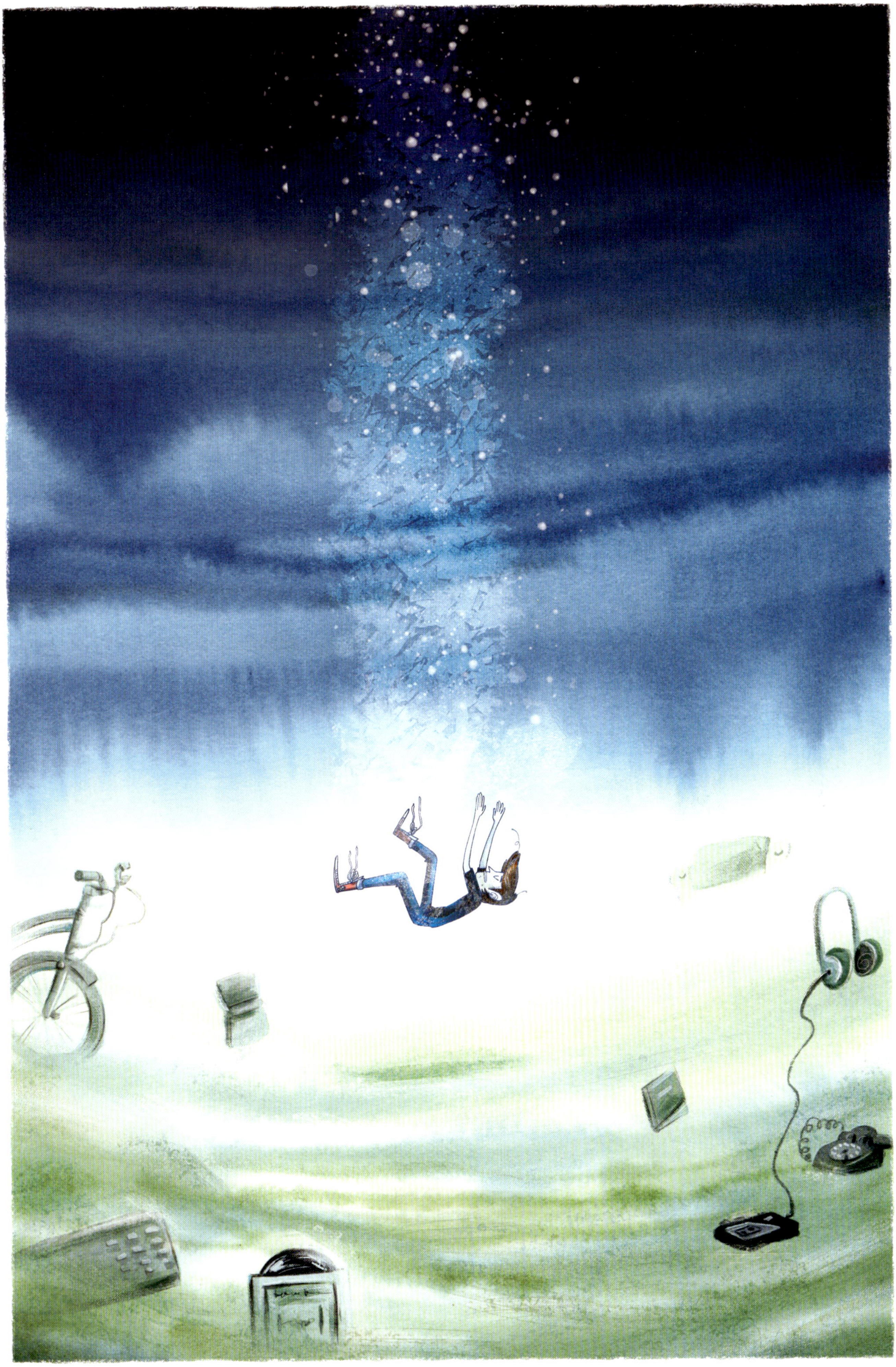

UH?
MAIS...? QUE S'EST-IL PASSÉ...?
EH, MAIS... C'EST...
...MON PREMIER VÉLO...
HEY, ET ÇA C'EST LE RANGE-CASSETTE DE MON FRÈRE, JE NE L'AI PAS VU DEPUIS DES ANNÉES... MAIS QU'EST-CE QU'IL FAIT ICI?
OH... LES VIEILLES LETTRES DE JUDY-JU...

LA HONTE... ON S'ÉCRIVAIT VRAIMENT DES CHOSES AUSSI IDIOTES?
MON CHÉRI... TU AS ENCORE FAIT CE RÊVE?
HEIN?
MAMIE! OH, MAMIE... TU M'AS TELLEMENT MANQUÉ!
TOI AUSSI, TU ME MANQUES, MON CHÉRI. CHAQUE JOUR.
QUE... QUEL EST CET ENDROIT?
TU N'AS PAS ENCORE COMPRIS?

LA BONNE QUESTION SERAIT PLUTÔT: COMMENT ES-TU ARRIVÉ ICI?
J'ÉTAIS SUR CETTE BARQUE PENDANT UNE TEMPÊTE ET...
TU SAIS CE QUE J'AI VOULU DIRE...
JE PENSE QUE JE DEVAIS REVENIR AU MOINS UNE DERNIÈRE FOIS À MON ENFANCE.
MAIS EN MÊME TEMPS C'EST COMME SI CETTE BARQUE M'EMMENAIT LOIN DE CHEZ MOI VERS UNE DESTINATION INCONNUE.
OU LOIN DE LA PERSONNE QUE TU SOUHAITAIS ÊTRE.
OUI, TU AS RAISON... DE TOUTE FAÇON J'AI LE SENTIMENT QUE FINALEMENT, C'EST MOI, LA BARQUE EN PERDITION.
MON CHÉRI, AU FOND, MÊME UNE BARQUE EN PERDITION CONTINUE DE FLOTTER, NON?

Panel 1: Ça dépend du nombre de trous qu'il y a dans la coque, je suppose.

Panel 2: Je peux te poser une question ?
Bien sûr.

Panel 3: Es-tu bien sûr que tout ceci n'est qu'un rêve ?
Oui.

Panel 4: En es-tu vraiment sûr ?
Oui, pour preuve. Je veux dire, je suis en train de te parler, alors que tu es...

Panel 5: Ce que je suis m'importe peu ! Je souhaite juste que tu sois sûr de toi !
Oui...
Enfin... parfois... je ne sais pas.

Panel 6: Alors, si tu n'es pas sûr, on va essayer de faire quelque chose. Ferme les yeux et compte jusqu'à dix. Si tout ceci est bien un rêve, quand tu les rouvriras, tu seras de nouveau dans ton lit.

QUELLE SOIRÉE DE FOLIE !

JE ME SOUVIENS QUAND TU AVAIS PEUR DU NOIR, JE TE DEMANDAIS DE ME FAIRE CONFIANCE, DE JUSTE FERMER LES YEUX, ET DE ME SUIVRE LÀ OÙ MES PAS NOUS EMMENAIENT.

MAINTENANT, TU AS UNE NOUVELLE PAIRE D'YEUX ET L'OBSCURITÉ NE TE FAIS PLUS PEUR. JE DEVRAIS EN ÊTRE HEUREUX, MAIS AU FOND, JE NE LE SUIS PAS TOTALEMENT.

HEY.

PARDON, JE NE VOULAIS PAS TE RÉVEILLER.

PAS DE SOUCI, J'ÉTAIS DÉJÀ RÉVEILLÉ.

— Alors, tu es prêt ? Tu as tout pris ? Prêt à changer de ville, changer de vie ?

— Oui, oui, je crois bien.

— Je suis désolé que ça se soit fini comme ça avec Eva.

— T'inquiète, ça va. Il n'y avait plus aucun moyen pour qu'on puisse rester ensemble.

Après tant d'années, je crois qu'on avait fini de consumer tout ce qui pouvait l'être.

On a essayé hein, mais comme on dit...

Ça a duré ce que ça devait durer.

Je me souviens du jour où j'ai commencé à penser que ça finirait par s'arrêter.

Et c'est arrivé pour de bon. Je n'ai fait que laisser les choses arriver.

Le truc paradoxal, c'est que j'ai encore l'impression que nous pourrons être amis.

BONNE CHANCE!

ET SI AU CONTRAIRE, PENDANT TOUT CE TEMPS ÇA AVAIT ÉTÉ MOI, LE FLEUVE?

PARDON? QU'EST-CE QUE TU DIS?

NATURELLEMENT, J'AURAIS PU OUVRIR MON ÂME, MON CŒUR... PARLER DE MON RÊVE...

AU LIEU DE ÇA, J'AI LAISSÉ PLACE AU SILENCE... JUSTE DES MOTS BANALS.

NE T'INQUIÈTE PAS, JE ME DÉBROUILLE. MERCI ENCORE POUR L'HÉBERGEMENT.

ET PUIS VENEZ ME VOIR. SALUE WHITNEY ET LES AUTRES AUSSI.

ON SE TIENT AU COURANT...

Tout ce qui comptait pour moi pendant toutes ces années a fini abandonné au fond de cette rivière. C'est moi qui y ai tout jeté, pour aller de l'avant et ne pas finir submergé. Mais aujourd'hui, je le suis.

Tout quitter.

Repartir à zéro en se berçant de l'illusion que tout ça sert à effacer le passé.

C'est l'histoire la plus banale du monde. Et pourtant me voilà.

J'ai passé ma vie à satisfaire pratiquement tout le monde, quitte à me trahir moi-même. Ce dont j'ai besoin maintenant, c'est d'apprendre à vivre comme je suis vraiment.

Arrêter de me répéter tout le temps que tout va bien. Trouver le courage d'affronter la vie et ses problèmes.

Ne plus avoir peur de tout foutre en l'air.

« FINALEMENT, TOUT ÇA, C'EST PAS GRAND-CHOSE... BEAUCOUP DE SOUCIS SONT FUTILES, DE NOS JOURS. PERSONNE NE DEVRAIT JAMAIS ÊTRE TRISTE... ENFIN, PRESQUE JAMAIS... »

Presque jamais

Cahier graphique

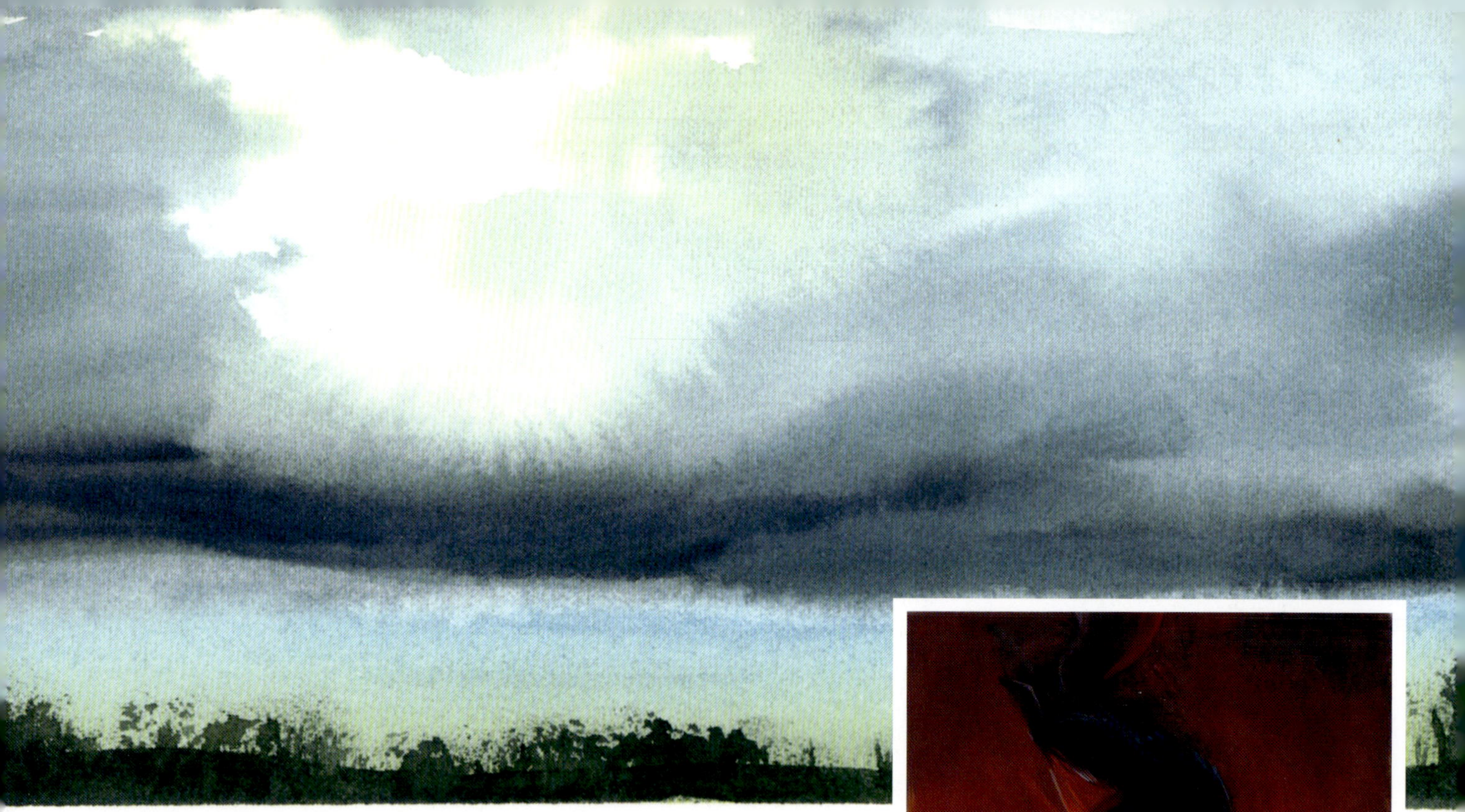
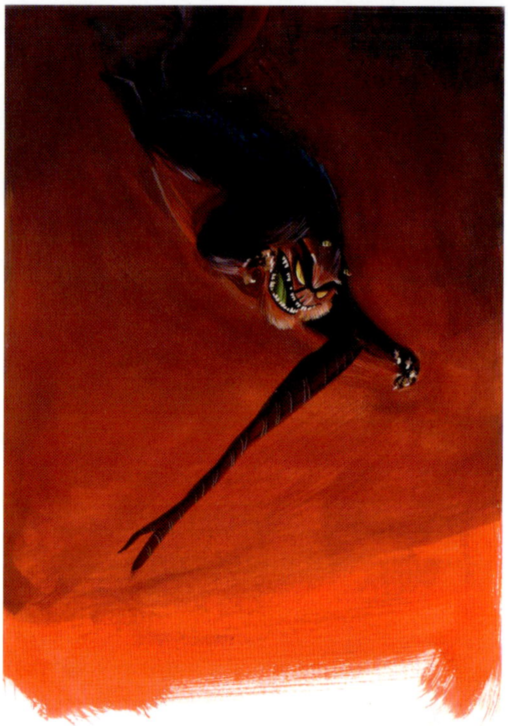
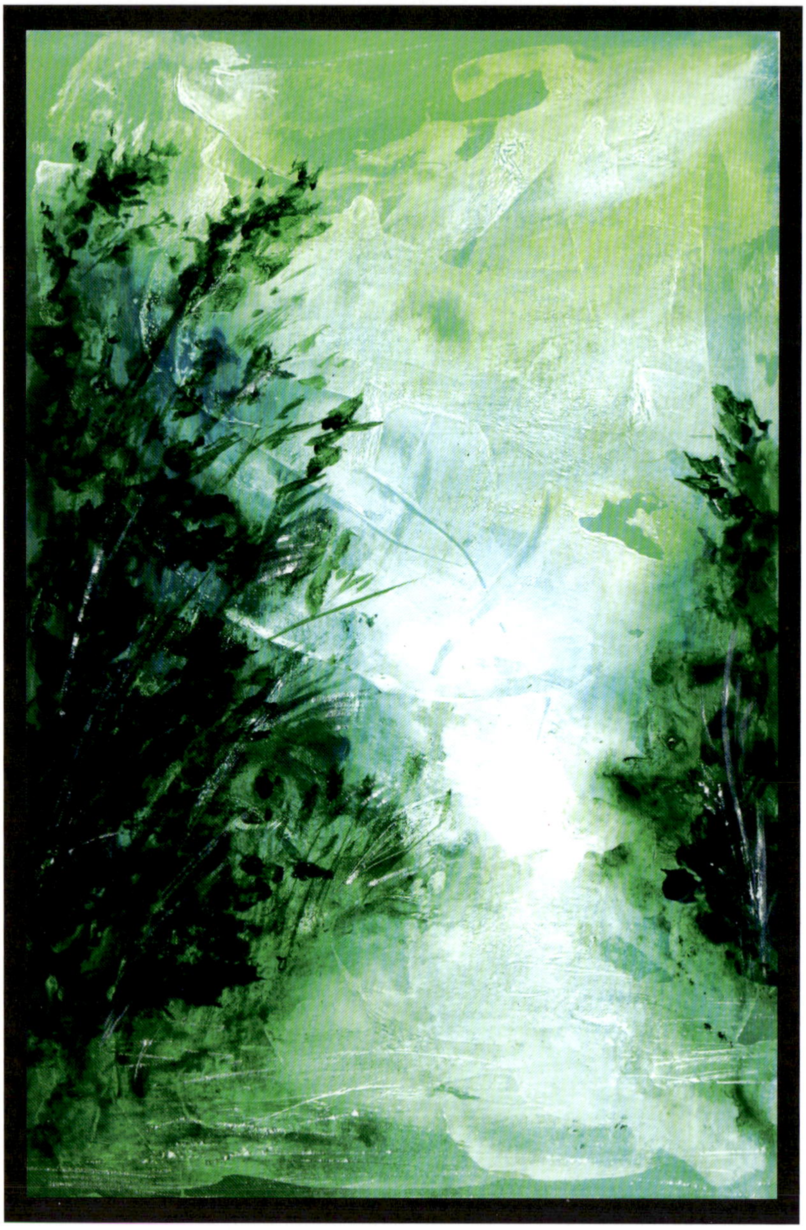
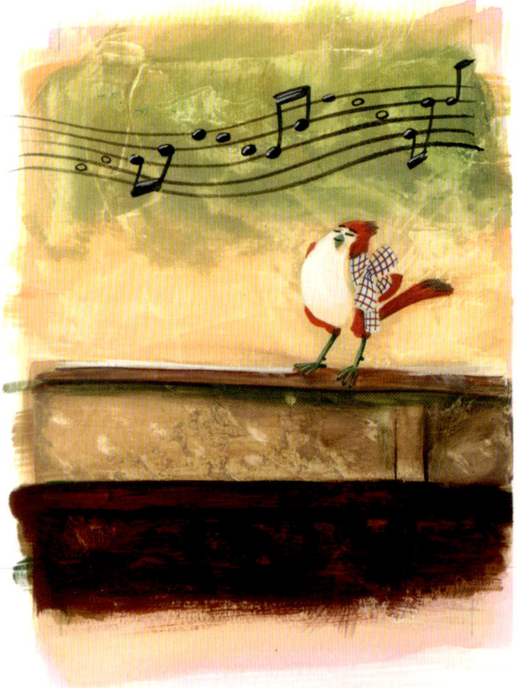

Recherches de couverture